AMÉDÉE AMORIC

LES VIBRATIONS

POÉSIES

PARIS

LÉON VANIER, LIBRAIRE ÉDITEUR

19, QUAI SAINT-MICHEL, 19

1892

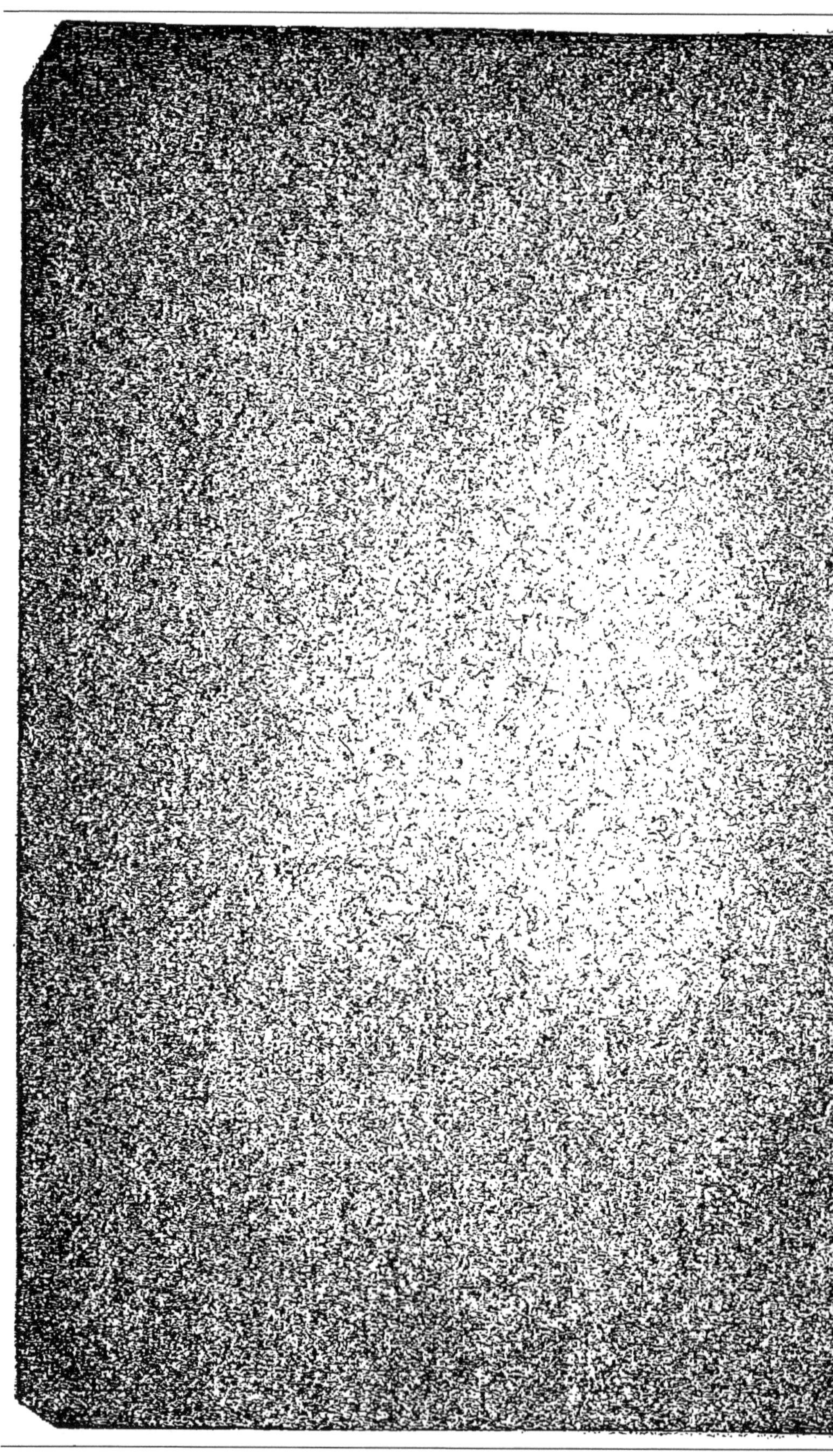

LES VIBRATIONS

AMÉDÉE AMORIC

LES VIBRATIONS

POÉSIES

PARIS

LÉON VANIER, LIBRAIRE-ÉDITEUR

19, QUAI SAINT-MICHEL, 19

1892

FANTAISIE-PRÉFACE

ÊTRE ET VIVRE

Deux mots ; deux forces accolées. Je dis accolées, car ces puissances ne sont pas toujours inhérentes ; la seconde ne peut se passer de la première, mais la première existe sans la seconde. Toutefois, j'éliminerai la force massive ou positive pour ne m'occuper que des attractions inconnues ou fluides idéaux qui se ressentent chez l'être animé : l'homme, par exemple, et que celui-ci a parfois l'air de ne pas comprendre ou ne veut pas admettre, se laissant entièrement dominer par la matière.

La rêverie est une de ces premières influences ;

c'est-à-dire que le cerveau qui la subit s'allie en ce moment avec d'autres affinités d'un monde insaisissable et supérieur, mais avec lesquelles la pensée, insaisissable aussi, est en rapport direct, sinon constant.

La rêverie est extravagante, dit la science condensée. En cela, elle a raison ; mais cette extravagance même est la preuve du contact de la pensée avec les courants de ce monde supérieur. Le poëte, le philosophe, l'artiste (je parle de celui qui conçoit) sont des sujets remarquables à cet effet ; chez eux la tension des fibres cérébrales est tellement grande, ou plutôt, la commotion des fluides compatibles est tellement forte que souvent, hors d'eux-mêmes, ils paraissent avoir perdu la lucidité de leur raison ; et c'est l'instant où ils la possèdent le plus.

Cependant j'avoue que la rêverie est un terrain un peu glissant pour cette discussion, sur lequel je ne m'aventurerai pas plus, laissant à mes lecteurs le soin de trier le bon des idées émises, car la science aurait beau jeu avec les maladies névrosiques et la complexion des individus.

Et maintenant j'arrive au fait, le véritable,

qu'on ne peut définir et pourtant indéniable, dont l'être *matériel* subit l'influence sans la reconnaître, ou plutôt qu'il étouffe à son éclosion, car son cerveau restreint n'en peut comprendre la grandeur et la sublimité ; ce fait, qui, à lui seul, résume l'essence de la vie, dont les sensations sont autant de sources inconnues et enivrantes, ce fait, c'est l'amour. D'aucuns vont sourire à ce mot. La montagne accouche d'une souris, diront-ils ; mais cette souris, toute mignonne qu'elle est dans le sens pratique, n'est-elle pas le but poursuivi par la nature entière ? N'est-elle pas la force innomée qui fait mouvoir les mondes ? — Oh ! monsieur, vous parlez en admirateur, en poète, allez-vous me dire. A cela, je réponds : « Derrière le poète il y a le penseur, et tout penseur est philosophe. »

L'amour ne naît pas, il existe depuis le commencement du monde et s'éteindra avec lui ; il est en tout, dans l'air et dans les choses, guettant le moment propice pour enlacer sa proie et lui broyer le cœur. J'emploie le mot cœur par métaphore, mais la tête seule est atteinte. Et notez que l'être dévoré par ce carnassier imperceptible, ne s'en porte pas plus mal ; au contraire, c'est alors qu'il ressent toutes les sensations divines de la vie.

Cet amour qui nous vient de l'au-delà, l'expliquerez-vous autrement ?... Cependant, je tiens à me faire mieux comprendre. Aujourd'hui, on parle, on s'occupe beaucoup du magnétisme ; on reconnaît son influence, mais la définit-on ? Non. Pourtant elle est réelle. Et l'amour d'où résulte-t-il ? D'un regard, d'un sourire, d'un rien. Dans le rapprochement de ces deux êtres inconnus l'un à l'autre, n'y a-t-il pas une influence magnétique ou du même genre ?...

Celui qui aime est animé d'une force nouvelle ; cette puissance étrange le pousse et le domine : il vit et il veut vivre. Ne vous étonnez donc pas s'il enfante des prodiges ; mais ne dites pas : c'est un génie ! dites simplement : il aime !

L'amour est immatériel, il vient d'en haut, il a place dans le système sacré. A ce propos, la Fable des anciens renfermait une très belle allégorie. Vénus en était la déesse, et, chaque fois qu'elle pressentait un mortel capable d'aimer, elle dépêchait sur la terre son jeune fils Cupidon ;

l'enfant partait, bandait son arc, et le cœur du mortel désigné recevait la flèche céleste. Nous voyons en cela que l'amour est un fluide idéal, s'alliant à la matière pour la rendre propre aux grandes conceptions.

Qui dit amour dit volupté ; la volupté est l'affolement de la sensitivité, ai-je écrit autre part ; mais la sensitivité est complètement en dehors de la matière, car celle-ci a l'écorce trop rude pour la percevoir. Seul, le cerveau amoureux, c'est-à-dire dégagé de tout lien terrestre, est à même de ressentir les effets de cette vie puissante.

Dans l'homme, nous nous trouvons donc en face de deux espèces ou natures différentes ; l'une voit et l'autre vit. Quelle est la préférable ? Est-ce celle qui est et voit, ou celle qui est et vit ? Quant à moi je m'arrête à cette dernière pensée :

Voir, c'est être ; sentir, c'est vivre.

AMÉDÉE AMORIC.

LA CHANSON

Qu'est-ce que la chanson ? La chanson c'est la vie,
La fière ou douce voix de notre âme asservie
      Aux bons et mauvais jours.
Aujourd'hui c'est l'amour, demain ce sont des larmes
Le deuil suit le plaisir, la paix le choc des armes ;
      Et l'homme suit son cours.

La chanson c'est la nuit qui tend ses filets sombres ;
C'est le jour qui surgit en flagellant les ombres
      De ses puissants rayons ;

C'est la rosée en pleurs qu'aspirent les corolles,
Frissonnantes d'espoir aux brûlantes paroles
     Des galants papillons.

C'est le lac assoupi secouant sa paresse ;
La feuille qui bruit sous la molle caresse
     D'un souffle langoureux ;
La mer qui s'enfle et monte en longs replis farouches
Et roule dans ses flots tous les fantômes louches
     De ses fonds ténébreux.

C'est le vent furieux, la pluie et le tonnerre,
Le lion indompté, la bête mercenaire,
     L'insecte aux frais ébats ;
C'est tout ce qui s'éteint, c'est tout ce qui respire :
Et la vie et la mort vibrent comme une lyre,
     L'une en haut, l'autre en bas.

Vibre donc, ô chanson ! résonne dans l'espace !
Prends ton vol, fends les airs comme l'oiseau qui passe
     Jetant son cri vainqueur !

Vibre donc, ô chanson ! prodigue ton délire !
Sous ton charme infini nous apprenons à lire
Le grand livre du cœur !

J'AI SOIF!

A Charles Morice.

Les pleurs et les ris hantent mon cerveau ;
J'y sens le fer rouge et la molle brise ;
J'y vois l'hiver sombre et le renouveau,
Et tout danse au bruit d'un vent qui me grise.

O rage ! ô douleurs ! ô voix des remords !
De vos lourds plaisirs n'êtes-vous lassées ?
Laissez-moi le calme éternel des morts ;
Laissez le printemps aux fleurs enlacées !

2.

Car j'ai soif!... mais soif de vie et d'amour,
Des rayons ardents qui dorent les gerbes ;
J'ai soif des prés verts, des lueurs du jour,
Des murmures doux que chantent les herbes.

J'ai soif des frissons d'un luth tremblotant
Qui lance au zénith sa voix étouffée ;
J'ai soif d'évoquer mes rêves d'antan :
J'ai soif d'une larme aux cils d'une fée !

STANCES GRÊLES

A Georges Suzanne.

Les gazons fleuris embaument la plaine
D'un flot parfumé de fauves senteurs,
    Et la tiède haleine
    De la brise en peine
Rythme les accents des bois enchanteurs.

Oh ! dans les sentiers parsemés de mousse,
Mignonne, aimes-tu rêver aux amours ?
    Sur la frêle pousse
    Plus d'une voix douce
Nous chante la vie, espoir des beaux jours.

Viens, j'écouterai ton babil candide,
Plus frais qu'un baiser de l'aurore en pleurs,
      Plus doux qu'un fluide
      Qui glisse, rapide,
Emportant l'encens suave des fleurs.

Puis je te dirai pourquoi dans les branches,
Au sein des halliers, des nids sont posés ;
      Pourquoi les pervenches
      Dans leurs mantes blanches
Cachent à nos yeux des tons irisés.

Nous cueillerons des alysses écloses
Sur le bord du lac au front soucieux,
      A l'heure où les choses
      Ainsi que des roses
Se grisent d'amour aux rayons des cieux.

Nous écouterons l'onde qui susurre
Le long des parois vertes des rochers :
      Etrange murmure,
      Chanson vague et pure
Qu'écoutent, émus, les roseaux penchés.

Nous reviendrons quand le soir doux et triste
S'endort mollement bercé par la voix
      Du frêle choriste,
      Céleste flûtiste
Qui descend, la nuit, pour charmer les bois.

A MADAME M.-E. LENOIR

A PROPOS DE « FLEURS DE CYPRÈS »

Madame, il est des vers délicats et profonds,
Ardents comme les yeux enfiévrés d'une almée,
Vibrants comme les voix tonnantes des typhons,
Plus doux que les baisers suaves de l'aimée.

Espérance, idéal, splendides floraisons ;
Sourires, perles d'or des corolles tombées ;
Soupirs retentissants des vastes horizons ;
Chant d'amour infini de deux âmes nimbées ;

Tout est charme et beauté dans ces strophes d'un cœur
Dont la lyre céleste exile la rancœur
        Noire des regrets fauves.
Et j'en sais un qui songe encore à ce passé
Qu'une fidèle main de mère a retracé,
        Fouillant des champs de mauves !

EFFET DE NEIGE

A Auguste Lemck.

La neige, sur les prés, jette son blanc manteau,
Et je sens, dans mon cœur, retentir le marteau
    Des heures écoulées
En un débordement de pleurs et de sanglots,
Semblables aux cris sourds des vagues affolées
    Quand se heurtent les flots.

C'est la neige partout, la neige monotone ;
Pas un éclair ne luit dans cette fin d'automne :
     C'est la saison des morts.
Seul, un vent glacial clame d'un pôle à l'autre
Et, pendant la nuit, geint comme un plaintif remords
     Qui se confond au nôtre.

Le ciel n'est plus le ciel ! Sa magique clarté
S'est éteinte. La fièvre intense de l'été,
     En goule inassouvie,
A, dans sa fauve ardeur, pressuré les rayons
Qui tombaient du zénith sur la plaine ravie,
     Fécondant les sillons.

Et, neige, maintenant de tes larmes nacrées,
Frissons cristallisés des flores éthérées,
     Tu tisses un linceul...
Où donc est la chaumine où s'abritait l'aimée ?...
Mais j'interroge en vain ; je me retrouve seul,
     Et mon âme est fermée.

O neige, arrête-toi ! Par le temps entrainé,
Comme un torrent fougueux sans cesse déchainé
    Aurai-je fait la route ?...
Adieu ! brillant soleil ; adieu ! douces amours :
Six lustres ont passé sur ma tête, et j'écoute
    Si mon cœur bat toujours.

O fleurs de mes vingt ans, chimères adorées,
Folles illusions de chauds rayons dorées,
    De vous que reste-t-il ?
Un souvenir lointain, perdu dans la nuée,
Fluidique et léger comme un parfum subtil
    Au sein d'une buée !

SOUPIRS D'ÉTÉ

A Jean Carrère.

Le soleil étale
La pourpre et l'or fin,
La fleur son pétale
Aux couleurs sans fin.

Le roc s'irradie,
L'herbe est en frissons,
Le vent psalmodie
D'anciennes chansons.

La campagne blonde
Offre ses fruits mûrs ;
L'onde cherche l'onde,
L'oiseau des nids sûrs.

L'insecte se presse
Sur un frais bourgeon
Et l'algue caresse
Les pieds de l'ajonc.

Le vieux saule effleure
Les bords de l'étang ;
On dirait qu'il pleure
L'amour inconstant.

La mousse regarde
Les bancs vermoulus,
Et la mauve garde
Ceux qui ne sont plus.

Mais, sous la ramée,
Je vois deux enfants,
L'amant et l'aimée,
Marcher triomphants.

Leurs mains enlacées
Se pressent encor...
. . . .
Au loin, cadencées,
Les notes du cor

Vibrent, langoureuses,
Parmi les senteurs,
Douces, vaporeuses,
Des bois enchanteurs.

L'ombre dit : Mystère !
L'azur dit : Clartés ?
Qui pourrait se taire
Devant ces beautés ?

O chante, mon âme,
Aime, chante et va
Sous l'ardente flamme
Du grand Jéhovah !

PROPOS DE PLUIE

A Hugues Rebell.

Tout un jour la pluie a tombé,
D'abord goutte à goutte, dolente,
Et j'ai vu la fleur somnolente
Relever son front recourbé.

Et puis la trombe furieuse
Lâcha ses flots lourds et serrés.
Avide de pleurs éthérés,
La terre but, silencieuse.

Quand se tut le dernier flic flac
Le soir, dans la plaine assoupie,
L'eau resta sous l'ombre accroupie
Plus calme que l'onde d'un lac.

* *

Parfois j'ai contemplé la vie,
Hélas ! et mon âme a vibré,
Cherchant, toujours inassouvie,
Le long du fleuve enténébré.

J'ai vu les aubes printanières
Faire place aux grandes lueurs,
Les nuits surgir de leurs tanières
S'étoilant d'étranges pâleurs

* *

Et je songe !... Heure solennelle,
En vain fuyons-nous les tombeaux :
Nos corps s'en iront par lambeaux,
Perdus dans la fosse éternelle !

STANCES VAGUES

Mignonne, il n'est que temps,
Partons la mer est douce ;
Partons, le vent nous pousse
Sur les flots tremblotants.

Abandonnons la terre,
Fuyons les bois ombreux :
Sous ses plis ténébreux
L'onde a plus d'un mystère.

Viens, nous écouterons
Le murmure des vagues
Tandis que des fleurs vagues
Etoileront nos fronts.

Viens, la conque résonne ;
C'est l'heure ! il faut partir.
Viens, allons nous blottir
Sous l'algue qui frissonne.

Il est des nids cachés
Que la mer sait encore
Et que l'amour décore
Aux pieds de noirs rochers.

Il est sous d'autres nues
Des chants tristes et doux
Que disent à genoux
D'ombres chastes et nues.

Mignonne, il n'est que temps,
Partons, la mer est douce ;
Partons, le vent nous pousse
Vers un autre printemps.

Et si, loin de la rive,
Nos cœurs se sentent las,
Nous nous coulerons bas :
L'âme plus vite arrive.

SOIRS D'HIVER

A mon père.

Les cieux n'ont plus d'azur ! La corolle des champs
N'attend plus, du matin, la perle qui l'arrose,
Et la rose n'a plus les parfums de la rose !

Ils ne sont plus aussi les murmures touchants
Qu'exhalaient les petits chantres de la nature :
C'est l'heure où, repliant son immense tenture,
La pourpre va s'enfuir de l'orbe des couchants.

Et cependant encor le torrent court dans l'ombre,
Roulant ses flots bourbeux. Comme les voix sans nombre
D'un peuple enseveli sous le poids des remords,
Je l'entends... Il m'appelle... Et j'accours sur ses bords.

Ondes, grondez toujours sourdement, furieuses !
N'êtes-vous pas l'écho des voix psalmodieuses
Qui pleurent le plain-chant funéraire des morts !

JOUR DE CHASSE

I

Le vent frémit et les branches frissonnent
    Dans les grands bois ;
Dans les grands bois les fanfares résonnent
    Comme autrefois.

Voici le jour et la meute pressée
    Flaire le daim ;
Flairant le daim elle s'est élancée
    Comme un essaim.

4.

Taïaut ! taïaut ! sus à la noble bête !
    Sonnez, piqueurs ;
Sonnez, piqueurs, pour célébrer la fête
    Des chiens vainqueurs.

Sonnez ! sonnez ! que ma tête se grise
    Au son du cor !...
Au son du cor, ah ! mon âme se brise...
    Sonnez encor !...

II

    Mais l'heure sonne ;
    Au loin résonne
Le cor joyeux annonçant le retour.
    Et ma pensée
    Vibre, insensée,
Comme l'écho dans les bois d'alentour.

Comme une houle
J'entends la foule
Dans le lointain saluant les chasseurs ;
Et dans la plaine,
De parfums pleine,
Eclate encor le rire des danseurs.

Un voile sombre
Jette son ombre
Commé un linceul sur les prés et les bois ;
De la ramure
Sort un murmure :
L'oiseau s'endort gazouillant à mi-voix.

De la vallée
S'est envolée
L'illusion ; ainsi fuit le printemps.
Qu'importe l'heure !
Ma lyre pleure
Les rêves d'or que je fis à vingt ans !

FIÈVRE ESTIVALE

A madame D. Mon.

Drapé dans ses atours de moire incandescente,
Dardant ses rayons d'or sur les blés assoupis,
Le soleil trône, ceint de pourpre éblouissante,

Dans la plaine les bœufs se tiennent accroupis
Mâchonnant, sans ardeur, une herbe desséchée,
Et leurs grands yeux, tournés vers de brûlants épis,
Refoulent lentement une larme cachée.

Les bouviers harassés s'endorment sous l'ormeau
Sans qu'un hautbois plaintif berce leur rêverie,
Leur rêverie étrange, irritante féerie
Qui leur montre au lointain l'amante du hameau.

Mais, le soir, les senteurs fauves de la prairie
Se mêlent aux soupirs des jeunes amoureux
Tout frissonnants d'émoi sous les taillis ombreux !

STANCES D'HIER

Sur le flot de la mer
Amer,
Amer comme une femme
Infâme,
Aux yeux de mer,

J'ai cherché des sentiers
Altiers,
Altiers où la pensée
Sensée
Règne aux sentiers.

Mais j'ai vu loin du sol
Le fol
Et fols esprits des choses
Moroses
Comme le sol.

Et tout sonnait le glas,
Hélas !
Hélas ! à chaque route
Le doute
Sonnait le glas.

Oui, mais auprès de toi
La foi,
La foi pure m'effleure
Et pleure
Parlant de toi.

J'ai cueilli sur ton cœur.
La fleur,
La fleur douce et splendide,
Candide
Comme ton cœur

J'ai ravi dans tes yeux
Les cieux,
Les grands cieux où mon rêve
S'achève
Dans tes beaux yeux.

EN VIGIE

A Samuel Noualy.

Le vent souffle. On dirait un lourd géant qui ronfle,
Couché dans les replis farouches de la mer.
Et la mer, lentement, sombre et louche se gonfle.

Et soudain, ciel et flots, livides sous l'éclair,
Entonnent dans la nuit un chant d'horreur sublime ;
Et pleins d'affolement, de la nue à l'abîme,
Retentissent encor les aboiements de l'air.

Tout croule sous l'effort des lames furieuses;
L'orage déchaîné ne connaît plus de freins;
D'un bord à l'autre bord les écueils souverains
Sont déchus... Mais voici les aubes radieuses;

C'est l'heure où tout se calme et va se reposer.
— Ainsi, madame, sous vos œillades rieuses,
Mon cœur hurle, bondit et fond dans un baiser.

REMEMBRANCE

I

Dans les champs constellés de blanches pâquerettes
Et de candides fleurs au corsage fluet
Que lorgnait de son coin le timide bluet,
Nous rêvions... Rêver! Ah! que de flammes secrètes
Font tressaillir notre âme aux souvenirs défunts
Quand l'âge nous défend de goûter aux parfums
Du souris enchanteur des folles amourettes!

5.

Nous rêvions. — Et l'azur se mirait dans les eaux.
Sous les rameaux feuillus la cigale peu sage
Disait au blond zéphir de porter un message
Au galant papillon. Pleins d'émoi, les roseaux
Balançaient mollement leurs têtes panachées,
Recherchant à leurs pieds les corolles cachées
Des tendres nénuphars pensifs sur leurs réseaux.

Nous rêvions... quand soudain, à l'est de la vallée,
D'effroyables clameurs cinglèrent l'horizon.
C'était l'heure où la haine, étouffant la raison,
Vomissait de ses flancs, sur la France affolée,
Cette horde d'airain, qu'aveuglait la fureur,
Avide de sanglots, d'infamie et d'horreur!

Et le ciel resta calme et la nuit étoilée!

II

Bien des pleurs, ô ma Mère, ont mouillé les tombeaux
Où dorment à jamais, dans l'éternel silence,
Tes fils, héros obscurs, drapés dans leur vaillance;
Mais leurs ombres, pour nous, ont l'éclat des flambeaux!

III

Mignonne, dans le val, voilé par la saulée,
Sous les mêmes rameaux où s'ouvrirent nos cœurs,
De nos frères aînés il est un mausolée ;
Oh ! viens, sur cette tombe, effeuiller quelques fleurs !

REGRETS AUTOMNALS

A Jacques Tebel.

Les beaux jours ont passé. Comme tout ce qui passe
Et s'abîme à jamais dans le gouffre infini,
Mes vingt ans ont sombré sans retour dans l'espace !

Que reste-t-il encor de cet âge béni ?
Mortes sont les amours ! mortes sont les ivresses !
Le pur enchantement des suaves caresses
Pour longtemps…pour toujours de mon cœur est banni !

O vous, baisers trompeurs ! et vous, cruels mensonges !
Venez ! vous que je hais... que j'adore à la fois,
Infiltrer en mes sens, dans l'extase des songes,
L'enivrement berceur des rêves d'autrefois !

Et, quand les blancs réseaux de la lune se glissent
A travers les sentiers où les feuilles pâlissent,
Que mon âme se grise aux mystères des bois !

PASSÉ

A Paul Heymès.

Hélas ! tout s'enfuit, n'est-ce pas, Madame ?...
Où sont les parfums que vos douces mains
Répandaient à flots sur mon cœur, jeune âme
Qu'ont brisée, un jour, vos doigts inhumains ?

Oh ! ne croyez pas que je veuille encore
Refondre en un seul ses morceaux diffus.
Laissons reposer les cendres. L'aurore
N'éclaire plus qui doit dire : Je fus !

D'ailleurs le passé ne serait qu'un leurre
Pour vous et pour moi. Brisons là-dessus !
Mais parfois il m'est doux de revoir l'heure
Des rêves d'amour que j'avais conçus.

J'aimais. C'était bon, — c'était bon, comtesse ;
J'adore ce mot, ne vous plaît-il pas ?
Et je le redis lorsque la tristesse
Ainsi qu'un remords s'attache à mes pas.

Quand je le redis souvent une larme
Furtive jaillit sous mes cils tremblants.
Si, presque toujours, le rire désarme,
Un pleur calme les souvenirs troublants.

Vous riez ?... Vous vous dites : Il soupire !
Et vous égrenez de joyeux propos ;
Je ne suis qu'un fou, vous me faites pire...
Riez ! aujourd'hui j'ai le cœur dispos.

Riez ! chiffonnez votre collerette !

Moquez-vous fort d'un poète éperdu.

Mais cessez vos ris : ce que je regrette,

Ce n'est pas l'amour, c'est le temps perdu !

VIENS

Oh ! dis, lorsqu'un zéphir se glisse entre les franges
Des rameaux suspendus aux dômes des grands bois
Et que l'écho gémit sous les notes étranges
Qu'exhale le pastour pleurant dans son hautbois,

N'aimes-tu pas rêver, comme rêvent les fées,
Parmi l'encens berceur d'un gazon velouté,
Où murmurent encor mille voix étouffées :
Soupirs éoliens des blanches nuits d'été ?

N'est-ce pas qu'il est doux de mêler au mystère
Sa pensée et sa vie, auprès de l'être aimé,
Quand dans l'enchantement l'âme se désaltère
Aspirant à pleins bords le calice embaumé?

Viens, je sais un séjour ignoré, loin du monde,
Auprès duquel s'endort l'étang silencieux,
Où nous pourrons aimer dans l'extase profonde
D'un pur ravissement, sous le calme des cieux !

MÉLODIE INTIME

Ton nom bien souvent erre sur ma bouche,
    Blanche fleur des prés ;
Il vient apaiser le désir farouche
    Des fauves regrets.

Je redis tout bas les vieilles légendes
    Où tu resplendis ;
Je t'effeuille encor dans les plates-bandes
    Des grands paradis

6.

Alors, lentement, comme dans un songe
Fait de volupté,
Où l'illusion, gracieux mensonge,
Rend tout enchanté,

Je me sens porté vers les hautes sphères
Des cieux étoilés,
Parmi des sérails pleins de bayadères
Et d'anges ailés.

Tandis que tes sœurs des célestes plaines
Jettent leurs rayons,
Rapides, légers comme des haleines,
De blancs alcyons,

Coursiers idéaux des routes lactées,
Traînent, radieux,
Un char enlacé de fleurs veloutées
Ainsi que des yeux,

Au milieu duquel une fée assise,
    Les rênes en mains,
Guide, des oiseaux, la marche indécise
    Vers les hauts chemins.

Et mon cœur la suit. Il vole après elle,
    Nouveau séraphin,
Heureux quand il peut frôler de son aile
    Sa harpe d'or fin;

Sa harpe, aux accents comme ceux d'Orphée
    Vaporeux et doux,
Qui se mêle aux sons de sa voix de fée
    Et dit : Aimez-vous!

*
* *

Et toi, dont la fleur me charme et m'inspire,
    Sais-tu pourquoi? Non.
Reçois mon secret avant que j'expire :
    C'est qu'Elle a ton nom.

AUX OISEAUX

A Elie Lupano.

Oui, j'ai cru quelquefois à l'amour d'une femme !
— C'est si bon d'être aimé, n'est-ce pas, dis, mon cœur ?
Tu frissonnes encore, en ta sombre rancœur,
A ce seul mot : amour, mot divin, mot infâme !

O mes illusions, chimères des vingt ans,
Fleurs des cieux étoilés, qu'êtes-vous devenues ?
Comme vos frêles sœurs des rives inconnues
Vous avez succombé sous le poids des autans.

Dans mes veines pourtant bouillait la sève ardente
Des aurores, des soirs baignés de rayons d'or,
La sève qui surgit des champs de Messidor,
Chaude, rouge, embrasée, en effluve mordante.

Mais les vents ont hurlé de farouches clameurs
Et roulé dans mon ciel des nuages sans nombre ;
Et je cherche à tâtons, dans la vaste pénombre
De mes rêves défunts, s'il reste quelques fleurs !

O ma lyre, tais-toi ! Cesse tes chants funèbres !
Jetons un voile noir sur le livre d'antan
Page à page effeuillé par le vieil inconstant,
L'amour, ce dieu perclus et spectre des ténèbres !

Seuls vous m'êtes restés, ô célestes chanteurs,
Oiseaux, hôtes aimés des bois, troupe joyeuse !
Répétez-moi tout bas la ballade rieuse
Qu'autrefois me disaient vos rythmes enchanteurs !

Encor! encor! J'écoute, ému, l'âme ravie :
Je sens comme un parfum qui descendrait des cieux
Se glisser, bienfaiteur, sur mon front soucieux :
Je sens qu'il me pénètre une nouvelle vie !

Encor ! encor ! toujours !... Et lorsque le tombeau
Prendra mon corps usé, vieilli par la souffrance,
Si du poète vous avez la remembrance,
Quittez pour un instant le rivage du beau,

Le rivage où vos ris forment des chœurs étranges
D'harmonie et d'amour, de jeunesse et d'espoir ;
Recherchez un grand saule, auprès d'un vieux manoir,
Dont les rameaux tombants frôleront leurs franges

La place où l'on m'aura couché dans un linceul ;
Et prêtez à mon âme une aile diaphane
Qui la porte là-haut, loin du site profane
De la stupide mort... Et puis... laissez-moi seul !

BOUQUET

J'ai cueilli pour vous, dans le champ des rêves,
Un bouquet d'amour.
Il est fait d'azur, et des lueurs brèves
Scintillent autour.

J'ai mêlé parmi des simples aimées
Quelques blanches fleurs.
Vous les connaissez : elles sont nommées
Reines des pâleurs.

Rayons argentés qui brillez dans l'herbe
Quand vient Messidor,
J'aime contempler votre front superbe
Serti de points d'or.

O nymphes, beautés frêles et candides,
Corolles d'espoir,
Elevez toujours vos têtes splendides
Comme un ostensoir !

Graciles soleils qu'un souffle caresse
Et rend tremblotants,
Jetez vos parfums ! versez l'allégresse
Aux cœurs de vingt ans !

Divines clartés sur terre venues
Pour charmer nos yeux,
Je vous vois encore, au profond des nues,
Trôner dans les cieux !

Mais ces fleurs, que vous offre ma pensée,
Les acceptez-vous ?
Ne refusez point ! mon âme insensée
Vous prie, à genoux.

Ne refusez point ! je les ai surprises
Disant votre nom
Aux papillons bleus, à l'aile des brises
Près du Parthénon.

Ne refusez point ! je les ai scellées
De pistils rosés.
Ne repoussez pas vos sœurs étoilées :
Ce sont mes baisers.

Ne refusez point ! elles sont remplies
De douce liqueur.
Ne repoussez pas leurs têtes pâlies :
Elles ont mon cœur.

Ne refusez point ! je les ai cachées
A l'œil médisant.
Ne refusez point ! elles sont tachées
Du sang de mon sang !

FIÈVRE BLANCHE

Par une blanche nuit, d'une blancheur magique,
Dans les champs endormis d'un sommeil léthargique,
Je me promenais, rêveur, mes pensers obsédants,
Par une blanche nuit, d'une blancheur magique.

Seule, la lune, au ciel, montrait ses blanches dents
Dans un nimbe de nacre et de reflets fondants,
Par une blanche nuit, d'une blancheur magique,
Seule, la lune, au ciel, montrait ses blanches dents.

7.

Les grands saules penchaient leurs franges argentées
Dont les pointes frôlaient les eaux diamantées,
Glace, où la lune encor montrait ses blanches dents,
Que les saules paraient de franges argentées.

Des tombeaux s'envolaient des feux follets ardents
Et tournoyaient tordus en longs spirales dans
Les saules qui penchaient leurs franges argentées
Sur les tombeaux zébrés de feux follets ardents.

Puis je vis s'avancer, voilés de lueurs fauves,
Des spectres émiettant les pétales des mauves
Sur les tombeaux zébrés de feux follets ardents
Qui tournoyaient avec les pâles lueurs fauves.

Et j'entendis au loin de longs rires stridents
Confondus aux bruits sourds des chaînes, des tridents.
Parmi les feux follets, les pâles lueurs fauves
Des spectres enfiévrés, aux longs rires stridents.

Oh ! quand la lune, au ciel, montre ses blanches dents,
Par une blanche nuit, d'une blancheur magique,
Ne promenez jamais vos pensers obsédants
Dans les champs endormis d'un sommeil léthargique !

VIEILLE CHANSON

I

Je n'ose vous le dire... Et cependant la fleur
De soleil est avide,
Tandis que mon front, qui n'est mouillé d'aucun pleur,
Se contracte, livide.

II

Je n'ose vous le dire... Et cependant l'oiseau
Revient chaque printemps butiner un brin d'herbe,

De mousse ou de roseau,
Pour bâtir ce berceau,
Si frêle mais superbe,
Où le plaisir d'aimer offre un charme nouveau.

III

Je n'ose vous le dire... Et cependant la mer
Cache dans ses replis une force inconnue :
Son onde se fait terre et son fond devient nue ;
L'algue abrite des nids près du lichen amer.

Je n'ose vous le dire... Et cependant l'insecte,
Aujourd'hui chrysalide et demain papillon,
D'un breuvage divin lentement se délecte :
L'aurore l'a fait naître en jetant un rayon.

Tout gravite, tout vit ; tout se meut, tout est flamme ;
L'ombre devient foyer, un rien surgit éclair ;
Le ciron se fait monde, et ce monde proclame
L'amour dont il est fils irradié dans l'air !

IV

Je n'ose vous le dire... Et cependant je t'aime !...
Ne veux-tu pas, mignonne, en cette heure suprême,
Que nous allions, tous deux, sonder le grand problème
A l'ombre du vieux parc ?...

Oh ! Madame, pardon ! vous aurai-je offensée ?
Ma pauvre tête est faible et faible est ma pensée :
Ma plume est une flèche et mon cœur en est l'arc !

HÉLAS !

L'azur a disparu voilé par des cohortes
De longs nuages noirs qui se disputent l'air.
En bas, pas un soupir, car les choses sont mortes.
Tout se dresse soudain, livide, sous l'éclair !

* *

O Choses, comme vous mon cœur est sans pensée ;
Pourtant il n'est point mort : il n'a jamais vécu !
Mais il est plus brisé que ne l'est un vaincu
Gémissant dans les fers loin de sa fiancée ;

8

Il est plus sombre encor, dans son farouche ennui,
Que ton front nuageux, ô Temps chargé de larmes !
Aura-t-il seulement pour calmer ses alarmes
— Pâle rayon du ciel — un éclair dans sa nuit ?

Ainsi je vais, pareil à l'épave affolée
Qui sans cesse tournoie à la merci des vents,
Jusqu'à l'heure où la tombe, abîme des vivants,
M'entr'ouvrira le port d'une blanche vallée.
Oh ! je sais que là-bas, au loin du flot trompeur,
Il est une accalmie ineffable, éternelle,
Où l'âme, cet oiseau, repose enfin son aile
Aux branches de l'azur... Et cependant j'ai peur !

Mes yeux se sont parfois levés vers les étoiles,
Et j'ai voulu sonder la profondeur des cieux ;
Mais j'ai dû rabaisser, par trop audacieux,
Mon regard obscurci par d'invisibles toiles.
Est-ce la nuit sans borne ? est-ce un vaste flambeau
Qu'aura le voyageur à la fin de sa route ?
Devant l'immensité je veux croire et je doute.
Je cherche le soleil... et je vais au tombeau !

RAPHAËLA

POÈME

A RAPHAËL BARNASSON

Bien cher,

Vous rappelez-vous des soirs passés ensemble,
à cinq ou six, dans l'intérieur ou sur le balcon
de ce charmant petit pavillon que vous habitiez
jadis?...

Qu'ils étaient doux les clairs de lune se mirant
dans le gai ruisseau coulant à nos pieds ! Qu'ils
étaient bons les francs éclats de rire si bruyants
mais si vrais!...

Et vous souvenez-vous de ces calembours à
la Cardo qui vous arrêtaient net au beau milieu

de vos péroraisons échevelées?... Foin des rhéteurs et des préteurs ! tout était à nous : c'était notre jeunesse qui éclatait... et qui s'envolait, hélas ! Mais que de pensées jaillirent alors de notre effervescence juvénile !...

Depuis, nous avons vieilli. Nos illusions poétiques une à une se sont effeuillées. J'en ai cependant conservé une branche, et je vous la dédie.

AMÉDÉE AMORIC.

RAPHAËLA

Le cabaret est plein. Maître Jean s'y prélasse,
Clignant un grog douteux posé devant sa place.
— Pas fameux, se dit-il quand il l'eut savouré.
— Hé, la fille ! un second, et fortement sucré
De rhum et de cognac ; c'est plus doux à la gorge.
Je n'aime pas cette eau qui feint les tons de l'orge ;
C'est du bon qu'il me faut ! J'ai de l'or aujourd'hui ;
J'ai de quoi me payer la messe de minuit
Au rhum, entendez-vous ? — Ho ! oh ! je latinise
Aussi bien, par ma foi, qu'un bonhomme d'église,

Reprend-il en riant et se frottant les mains.
Mais voyons celui-ci... — La santé des humains,
Malgré les beaux écrits, rayonne dans un verre.
Et puis à cet appât la femme est moins sévère...
Pas la mienne pourtant. Oh ! c'est un vrai poison !
Avec elle jamais de paix à la maison.
Je rentre quelquefois un peu gris, je l'avoue ;
Mais doit-elle pour ça me faire autant la moue ?
Doit-elle m'appeler fainéant, propre à rien ?
Me traiter aussi bas qu'un vulgaire vaurien ?
Me dire qu'il vaut mieux travailler qu'être ivrogne ?...
Et pendant ce temps-là notre vieux chien qui grogne
Se tient entre nous deux, mais pour la protéger.
C'est honteux, n'est-ce pas, de dire qu'un granger
Se laisse lâchement insulter par sa femme
De peur d'être mordu par un chien ?

        Et l'infâme
Buveur d'un vigoureux coup de poing s'interrompt
Comme pour s'applaudir et redresse le front.
Puis il sort de sa poche une pipe bourrée,
L'allume et lance en l'air la fumée azurée
Dont il suit, d'un œil lourd, les zigzags gracieux.
Cependant il devient de nouveau soucieux.
— Encore un grog, dit-il, pour chasser l'humeur noire

— Oh ! oh ! nous verrons bien si je ne dois plus boire ;
Si la femme est maîtresse et l'homme un instrument
Qui doit, sans murmurer, subir aveuglément
Les injures sans nom qu'on lui jette à la face !
Morbleu ! dorénavant, quoi qu'on dise ou qu'on fasse,
A ces sortes de jeux je vais mettre la main ;
Car enfin je suis homme ! Et cela dès demain.
D'abord, de cet argent qui devait, à l'aînée,
Apporter un jouet dedans la cheminée
Où ses petits souliers sont rangés dans un coin,
Je veux en étancher ma soif de marsouin !
Et d'ailleurs la fillette est constamment malade ;
Dois-je donc m'éreinter pour plaire à sa toquade ?
Ah ! ma fille, il te faut ce soir un *paradis* [1] ;
Tu l'attendras longtemps ; c'est moi qui te le dis !

Pendant que maître Jean au cabaret se soûle,
Au dehors on entend le bruit sourd de la foule ;

[1] Jouet rustique dont, dans certaines villes du Midi, on
fait cadeau aux enfants aux époques de Noël. Il représente
tant bien que mal la naissance du Christ dans la crèche
de Bethléem.

Les cloches lentement résonnent dans la nuit :
C'est Noël ! Dans les cieux un nouvel astre luit.

Au loin, près d'un ruisseau qui borde la vallée,
Se dressent les vieux murs d'une ferme isolée.
Une enfant de douze ans, au visage pâli,
Aux longs doigts effilés, repose dans un lit.
La mère, à son chevet, la figure anxieuse,
Perdue en sa douleur, veille silencieuse,
Tandis, qu'à ses côtés, un grand chien aux poils gris,
Comme s'il comprenait, pousse de légers cris,
Et que, dans un berceau frangé de fine serge,
Sans qu'un pli soucieux n'attriste son front vierge,
Souriant au sommeil, un bébé rose dort.
—Paix, Médor, dit la femme... oui, paix, mon bon Médor;
Tu les réveillerais. Modère ta tendresse.
Il ne faut pas surtout, de ta jeune maîtresse,
Troubler le doux repos dont elle a tant besoin.
Couche-toi, bon chéri, tranquille dans ce coin.
Va, va, Raphaëla sera bientôt guérie,
Et vous pourrez, tous deux, courir dans la prairie
Comme autrefois.

     Soudain la malade gémit;

Son visage étiré de plus en plus blémit ;
Puis un accès de toux brusquement la réveille.
La mère, à son enfant, présente une bouteille
Et dit : — Raphaëla, tu souffres... bois un peu.

— Merci, bonne maman, cela calme le feu
Qui me brûle. Vois-tu, c'est là, dans ma poitrine,
Que je ressens le mal qui m'oppresse et me mine ;
Mais il s'en est allé maintenant que j'ai bu.
Oh ! tu pleures, je crois, chère mère... qu'as-tu ?
Allons, embrasse-moi ; refoule au loin tes larmes ;
La vie, en son printemps, me garde encor des charmes ;
Et j'espère bientôt recouvrer la santé
Lorsque retourneront les beaux jours de l'été.
Et, dans un mouvement de grâce enchanteresse,
La fillette aussitôt, dégageant une tresse
De longs cheveux bouclés qui voilaient ses beaux yeux,
Ajoute en souriant : — Tiens, vois, je suis bien mieux !
— Mais écoute : Est-ce que, là, sous la cheminée,
Mes souliers sont posés, tu sais, comme l'année
Où Jésus m'apporta des moutons si jolis ?
Il doit venir ce soir. Il m'a dit : « Jeune lis,
Tu m'aimes, je le sais ; aussi, pour récompense,

Cette nuit je te donne un *paradis* immense. »
Oh ! que j'étais heureuse en ce rêve charmant !
Il n'y manquait que toi, bonne et douce maman.
Je n'avais plus de bras, c'étaient deux grandes ailes
Qui m'emportaient là-haut, aux voûtes éternelles.
Petit frère était ange et volait près de moi.
Mon Dieu ! j'en ai le cœur encore plein d'émoi !
Et puis, lorsque Jésus tendrement m'a quittée,
Mon rêve s'est enfui. Je t'ai vue, attristée,
Veillant à mon chevet, toi mon ange gardien.
Quoi ! tu pleures toujours ?... Oh ! va, je t'aime bien !
Et l'enfant à ces mots prend le cou de sa mère
Et l'enlace en ses bras ; mais une toux amère
Interrompt tout à coup son élan filial.
— Oh ! maman, qu'ai-je donc ?... C'est un froid glacial
Qui m'envahit le corps, des pieds jusqu'à la tête...
Vais-je mourir, Seigneur ? ajoute la fillette
Qui s'éteint doucement, comme l'onde d'un lac
Expire sur ses bords dans un vague flic flac.
— C'est fini... cette fois... je le sens, bonne mère...
Approche-toi plus près... avec mon petit frère...
Que je vous vois encore avant de vous laisser...
Où donc est papa Jean ?... Je voudrais l'embrasser
Aussi... N'est-il pas là... sur le seuil de la porte !

— Il est allé prier Jésus pour qu'il t'apporte
·Le petit *paradis* que tu désirais tant
Pour ce Noël, répond la mère en sanglotant,
— Ah !... Malgré son air rude il est bon tout de même
Papa... S'il va prier Dieu pour moi, c'est qu'il m'aime ?..
Vois-tu, chère maman, il faut lui pardonner
Le mal qu'il nous a fait et non l'abandonner.
Tu le veux... n'est-ce pas?... Réponds-moi : « Je le jure ! »

— Mais Jésus est venu, ma mère, j'en suis sûre,
Reprend soudain l'enfant dans un dernier effort,
D'une voix où l'on sent l'approche de la mort.
Il me l'a descendu tout à l'heure, en cachette,
Mon petit *paradis*... mets-le sur ma couchette.
Et, sans doute voyant au delà du tombeau,
La fillette s'écrie : — Oh ! maman, que c'est beau !...
Puis son corps se raidit. L'âme s'est envolée.

Pendant que, sur son sein, la mère désolée
Croit pouvoir ranimer le cœur de son enfant,
Dans la chambre apparait maître Jean titubant.
— Hé, la femme ! sais-tu comment va notre aînée ?
Demande-t-il alors d'une voix avinée.

9

Et tout en ricanant : — Je l'ai son *paradis :*
Au lieu de boire un verre, eh bien, j'en ai bu dix.
J'ai, par eux, apaisé ma soif inextinguible.
Et voilà !

                    Mais soudain une force invisible
Le cloue au pied du lit, livide de terreur.
Il tressaille ; il comprend. — Oh ! je me fais horreur !
Dit-il. Qu'ai-je donc fait ? Je suis un misérable !
Mon enfant se mourait et moi j'étais à table
En train de me vautrer comme un gueux éhonté !
Pourquoi ne m'as-tu pas, Juste Divinité,
Ecrasé comme un vers sous tes foudres célestes ?...
Non ! il te fallait l'ange ! Et voilà ses doux restes,
Sans espoir de retour, endormis à jamais...
Oh ! ma fille, pardon !... Pauvre enfant, tu m'aimais ;
Et moi, père sans cœur, c'est moi qui t'ai tuée !...

Dans la plaine, dans l'air, au fond de la nuée,
Les cloches lentement résonnent. C'est minuit :
C'est Noël ! Dans les cieux un nouvel astre luit.

TABLE

ÉVREUX, IMPRIMERIE CHARLES HÉRISSEY

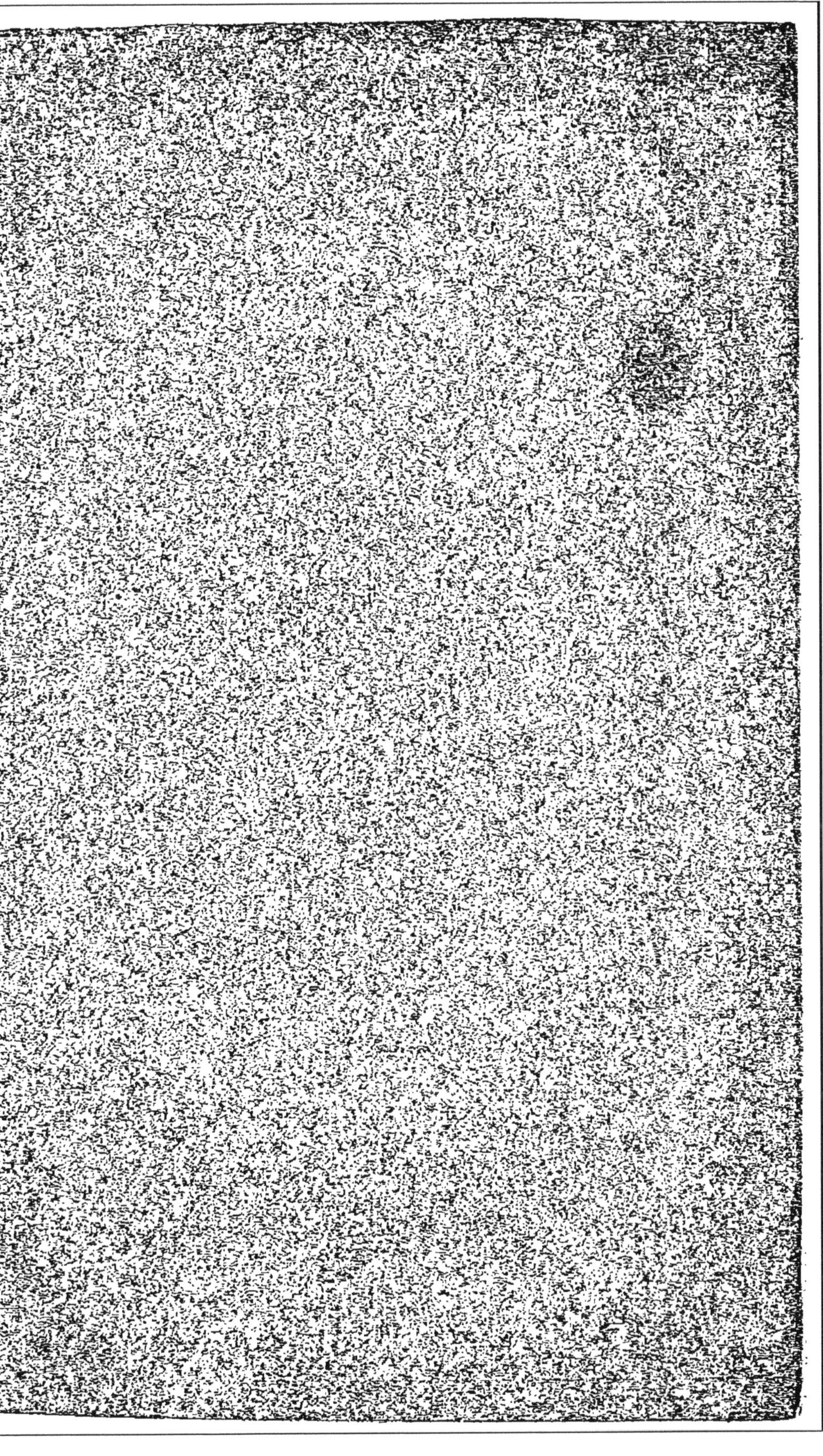

BIBLIOTHÈQUE NATIONALE DE FRANCE
3 7502 013014081